Meine Wiedergeburt als
SCHLEIM
in einer anderen Welt
Das Leben im Land der Dämonen

1

Eins

❖ INHALT ❖

1

Tempest, ich komme!

Kobolde.

Zwerge.

Hob-goblins.

High-Orks.

Halb-linge.

Fisch-men-schen.

Glotz

Glotz

Hier leben so viele ver-schiedene Arten!

In Tempest akzeptiert man ganz offenbar auch die schwachen Arten.

Es nennt sich zwar »Land der Dä-monen«, aber gilt hier das Gesetz des Stärkeren nicht?

Das wäre ein gewaltiger Unterschied zu Jura-sania.

In Jura-sania dürften sie die Haupt-stadt nicht betreten.

Was für ein drolliges Land.

Was will Tempest nur mit all diesen schwachen Arten?

Ha はっ

Lord Callion und das Bestienkorps sorgen gut für ihren Schutz.

Er ist ja so großherzig.

... außerhalb der Hauptstadt darf jeder leben, solang er arbeitet und Steuern zahlt.

Na ja, aber auch wenn es in Jurasania auf die Stärke ankommt ...

Ist das das wahre Gesicht des Dämonen-Bundesstaates ...?!

Sind das etwa Sklaven und sie werden hier zur Arbeit gezwungen und ausgebeutet?

In dem Fall käme ein Bündnis auf gar keinen Fall infrage!

Diese Stadt wurde immerhin in kürzester Zeit aus dem Boden gestampft.

Ich muss während der Inspektion stets auf der Hut bleiben!

Für wie viele Nächte bekomme ich hierfür ein Zimmer?

Herzlich willkommen!

Das tut mir jetzt leid, doch das reicht nicht mal für eine Übernachtung.

Na, wenn das so ist ...!

Damit kann ich dir leider nicht dienen.

Hmm ...

Mir wäre sogar eine Scheune recht, solange ich ein Dach über dem Kopf habe ...

Dafür reicht es nicht ganz.

Irks! Nicht mal eine Nacht ...?

Kämpfen wir! Wenn ich gewinne, übernachte ich hier umsonst!
Zack
Ganz sicher nicht.
Du bist ein Bestienmensch, oder?
Wusch
In Jurasania kommt man mit der Nummer immer durch!
Ich kleiner Vielfraß!
Was mach ich denn jetzt? So kann ich meine Mission abhaken!
Dann muss ich im Wald jagen, auch wenn das allein nicht ganz ungefährlich ist!
Heute Nacht schlafe ich wohl unter freiem Himmel ...
Urgh
Apropos, Fräulein.

Arbeiten
...

Derzeit werden Arbeiter für die Instandhaltung der Straßen gesucht.

Wieso suchst du dir nicht eine Arbeit, wenn du länger hierbleiben möchtest?

カーーッ!
Klong

カーーッ!
Klong

Der nächste Bewerber bitte!

Ich bin der Fuchs-mensch Vos!

Ich möchte in diesem Land bleiben und suche daher nach Arbeit!

Ich mag zwar nicht so aussehen, bin aber bärenstark!

Ja-wohl!

14

Grins

Dann freue ich mich schon auf unsere Zusammenarbeit!

... gehöre ich zur neuen Generation der Bestienmenschen. Ich stehe da drüber.

Gern! Auf mich ist Verlass!

Na denn ...

Puuuh!

Gar nicht mal so einfach.

Ratsch

Hmm!
Doch dadurch kann ich meine Mission fortsetzen.

Ich habe Arbeit gefunden, aber ist es nicht etwas fahrlässig, einfach eine Fremde hier arbeiten zu lassen?

Bei diesen Straßenarbeiten werde ich sicherlich nützliche Informationen sammeln können.

Heeey!

Können wir den Baum mitnehmen?

Ich finde diese mono-tone Arbeit schon an-strengend ...

Ich heiße Vos.

Und? Wie findest du die Arbeit?

Er gehört ganz euch!

Ah, ja!

Na ja ... Und wenn es hier nicht klappt, dann suchst du dir einfach was anderes.

Ha ha ha! Daran gewöhnst du dich noch.

Oh, Fräulein. Bist du neu dabei?

Wir sind die High-Orks Waichinigo und Waik.

Strahl

Schwere Arbeiten sind genau unser Ding, deshalb machen wir sie gerne.

Ganz genau. Du musst dir bloß eine Arbeit suchen, die dir liegt.

Jeder Topf findet seinen Deckel, wie es so schön heißt.

18

Ich wünsche dir, dass auch du eines Tages eine Arbeit findest, die dich so erfüllt!

Ja!

Eine erfüllende ...

... Arbeit?

Das hat er mit einem strahlenden Lächeln gesagt.

Aber auch bei dem Mann, der mich eingestellt hat ...

... und den beiden Straßenarbeitern.

Sie alle waren das blühende Leben.

So war das auch bei den Imbissverkäufern ...

... und der Dame im Gasthaus.

Darüber hinaus werden sie nicht wie Sklaven zur Arbeit gezwungen.

Sie erfüllt ihre Arbeit voll und ganz.

Was bin ich froh, dass die schwachen Arten hier nicht wie Sklaven geschunden werden.

Tempests Geheimnisse werden einfach immer mehr.

Puh

Lord Callion lag mit seiner Einschätzung komplett richtig.

Ich muss aber noch mehr in Erfahrung bringen ...

Zuck

Ha!

Deshalb strahlen sie auch über beide Ohren!

Nun greift mich schon an!

Ich habe schließlich euren Kameraden niedergestreckt.

Schlitz

Gaah

Da kommen sie!

Sehr schön! Sie sind zum Angriff übergegangen!

Ich locke euch jetzt erst mal irgendwo ins Nirgendwo!

Graaah

Hä? Meister Grucius ...?!

Das ist Tempests Schutz-truppe!

Uwah …

Das war gar nicht mal so un-gefährlich …!

Ey, du da!

Plumps

Oha

Moment! Bist du etwa Vos?

Schön blöd nennt man das …

Bist wohl lebensmüde, dass du dich einfach so allein ins Getümmel stürzt!

Ach, seid mir gegrüßt, Meister Grucius!

Kennst du die Klei-ne etwa, Grucius?

Ah!

Lass sie uns zerlegen!

Oha! Kein Wunder also, dass sie so gut Schritt halten konnte.

Das ist Vos, eine Anwärterin auf den Kriegerorden der Bestienmenschen.

Sie ist ein Fuchs-Bestienmensch und äußerst vielversprechend.

Guten Tag!

Na?

Was hast du hier eigentlich verloren?

Da dachte ich mir halt so, dass ich hier eine Weile leben möchte.

Argh!

Lord Callion möchte wohl eine Diplomatendelegation entsenden.

Also es ist so, dass Lord Callion ...

Lord Callion?!

Na, wenn das so ist ...

Das war haarscharf. Ganz vergessen, dass das alles hier streng geheim ist.

Aber ich hab mich vollgefressen, bis ich nichts mehr zum Eintauschen hatte ...

Hä?!

Magst du nicht einfach unserer Schutztruppe beitreten?

Gobutas Anwärter-Checkliste

Mit ihrer blitzschnellen Wahrnehmung hat sie die Monster früh bemerkt.

Sie hat geschwind und beherzt gehandelt.

Als Bestienmensch muss sie über großes Kampfgeschick verfügen!

Wah!

Ich soll was?!

Hier geht's ja Knall auf Fall.

Bei so einem aussichtsreichen Talent ...

... lasse ich doch nichts anbrennen.

So gehört sich's das für einen Vizekommandanten!

34

Da kann ich nur zu-stimmen.

Na ja. Vos muss natürlich auch selbst wollen.

Wäre sie denn etwa kein perfek-ter Kandidat für unsere Schutz-truppe?

Als Schutztruppe patrouillieren sie an vielen verschiedenen Orten.

Dabei könnte ich Unmengen an Informationen zusammen-tragen ...!

Diese Chance darf ich mir nicht durch die Lappen gehen lassen!

Press

Mit ...

Mit Freuden!

Lord Callion ...

Doch um mehr über dieses Land in Erfahrung zu bringen ...

Mir ist durchaus bewusst, dass ich noch viel zu lernen habe.

... werde ich, Vos, mein Bestes geben ...!

Vorher möchte ich mich aber noch von den Straßenarbeitern verabschieden ...

Ja-wohl!

Sehr schön! Zuerst wirst du von mir trainiert!

Du fackelst nicht lange!

Kapitel 1 Ende

Meine Wiedergeburt als
SCHLEIM
in einer anderen Welt
Das Leben im Land
der Dämonen

2

Ran an den Speck!
Meine Arbeit bei der
Schutztruppe

Habt vielen Dank!

Wah

Wah

Das Kampftraining in diesem Land ist echt nicht ohne.

Puh

Es folgen die heutigen Bekanntmachungen.

Lord Rimuru wird heute nach Dwargon abreisen.

Seine Reiseeskorte werden die Goblin-Reiter stellen.

Hiermit ist das Kampftraining der Schutztruppe beendet!

Wir rechnen zudem in der Stadt mit großen Personenmengen, die Lord Rimuru verabschieden wollen.

Sollte euch auch nur der Hauch eines Verdachts beschleichen, handelt unverzüglich!

Die Schutztruppe wird wie gehabt im Wald, auf den Hauptstraßen und in der Stadt patrouillieren.

Lord Rimurus Abreise soll reibungslos über die Bühne gehen.

Seid also alle auf der Hut!

Jawohl!

Wegtreten!

Die Stadt ist entlang der Hauptstraße in diese unterschiedlichen Bezirke aufgeteilt.

Das Wohngebiet, das Geschäftsviertel und der Stadtteil für Touristen ...

Freies Bauland wird rasch erschlossen.

Weißt du jetzt besser über die Stadt Bescheid?

Wie sieht's aus, Vos?

Oh!

Hoffentlich denken sie bei der Stadtplanung auch an mehr Fress-tempel ...

Sabber

Man sagte mir, du seist eine richtige Draufgängerin.

Dann spitz mal deine Lauscher! Ohne meine Erlaubnis preschst du nicht einfach los.

Hey, konzentrier dich gefälligst auf deine Arbeit.

Und hör auf zu sabbern!

J... Jawohl!

Sch... Schau mal da! Das sieht doch verdächtig aus.

Ich werd mir das mal genauer ansehen!

I... Ist ja gut, Gobuemon!

Buäh!

Was wird das, wenn's fertig ist?

Ich habe einen Glücksbringer für Lord Rimuru gebastelt ...

Ey! Jetzt heul doch nicht!

Wir sind von der Schutztruppe.

Waah

Es ist doch ganz selbstverständlich, dass man jemandem einen Glücksbringer schenken möchte, den man so sehr verehrt.

Ey, Vos!

Gib keine leeren Versprechen, für so was haben wir keine Zeit!

Hilfst du mir tatsächlich?

Ebenso selbstverständlich ist es für mich, bei dieser Suche zu helfen.

Unser Befehl lautet, die Sicherheit in der Stadt zu gewährleisten ...

... und nicht, nach verlorenen Dingen zu suchen.

Schnupper

Es wird auch gar nicht lange dauern.

Ich kann das ja schon nur allzu gut nachvollziehen.

Ich bin ganz hervorragend darin, Dinge aufzuspüren.

Na los!
Du musst
ihn noch Lord
Rimuru über-
reichen!

Da ist
ja gar kein
Durchkom-
men.

Wir
kommen
gar nicht
nah genug
heran
...

...

Passt
gut auf
Euch
auf!

Lord
Rimuru!

Gute
Reise!

Lord
Rimuru!

Waaahaaah

Bedrückt

Nach
all der
Sucherei
ist alles für
die Katz
...

Öh
...

Pling
Wir müssen nur noch weiter über die Dächer laufen ...
Waah!
Lord Rimuru!
Surrrr
Was ist jetzt los?!
Was ist das?! Fäden ...?
Wind
Wind
Kuller

...

Huch?

Sachte
...

In Reih und Glied

Hä?!

Zuck

L... Lord Rimuru?!

Uwahwah
はわわ

Lord ... Rimuru?!

Ah! War das etwa diese besagte Schattenfortbewegung? War er gerade nicht noch woanders?

Was steht der jetzt überhaupt einfach so vor mir?

Das ist Tempests Herrscher Lord Rimuru ...!

Seine Gestalt ist jedoch ... Huch? Ist er denn kein Schleim?

Möchte uns Lord Rimuru womöglich persönlich bestrafen?!

Ich habe Euch einen Glücksbringer gebastelt!

Er soll Euch eine sichere Reise bescheren.

Ähm ... Lord Rimuru!

Huch? Er weiß bereits Bescheid? Ist das etwa Telepathie?!

Wolltet ihr nicht mit mir sprechen?

Oh!

Vielen Dank, ich werde ihn wie meinen Augapfel hüten.

Das Fräulein von der Schutztruppe hat den Glücksbringer für mich wiedergefunden!

Und wer ist dieser Bestienmensch?

Schauder

Holla ...

Du bist also von der Schutztruppe ...

Go...

Bonk

Ey, Vos!

Nichts zu danken. Zum Glück konntest du deinen Glücksbringer überreichen.

Gobuemon ...!

Es tut mir leid, aber wir konnten Lord Rimuru treffen ... ... und ihm den Glücksbringer überreichen.

Gerade dachte ich noch, du wärst auf dem Dach, doch dann warst du weg!

Vernachlässige niemals deine Aufgaben bei der Schutztruppe!

Kapitel 2 Ende

Aber er hat große Nachsicht mit mir gehabt, obwohl ich etwas völlig Aberwitziges abgezogen habe.

Bitte? Ihr wollt Lord Rimuru begegnet sein?! Eher friert die Hölle zu!

Lord Callion, ich bin Lord Rimuru begegnet.

Er hat ein Herz aus Gold!

Urgh! Es ist aber wahr!

Ich hatte regelrecht das Gefühl, als hätte er mich komplett durchschaut.

Meine Wiedergeburt als
SCHLEIM
in einer anderen Welt
Das Leben im Land
der Dämonen

Besuch aus heiterem Himmel! Ein starker Gegner betritt die Bühne?!

Kling

Klong

Urgh ...

Beim Trainingskampf klang das alles schon nicht mehr so rund.

Die Schneide meines Messers ist total schartig.

Bonk

Hat sie der letzte Kampf zu sehr mitgenommen?

Das muss ich wohl oder übel beim Schmied nachschärfen lassen ...

Ey, Vos!

むーん
Drück

Klong

カン

カン

Klong

Du wirst
dich schön
zurück-
halten.

Klong

カン

Klong

カン

カン

カン

Klong

Ist
Meister
Kurobe
zuge-
gen?

Dies
ist also eine
von Tempests
Schmieden!

Jepp.

Wartet
bitte
kurz.

Die
Hitze ist
überwälti-
gend.

Du
solltest
aber auch
mal die in
Jurasania
sehen!

Kling

64

Woah ...
Der schaut ja
drein, als würde
er einen Kampf
ausfechten.

Kling

Seine
Waffen
sind wahre
Meister-
werke.

Das ist
Meister
Kurobe. Er
hat sich auf
das Schmieden
von Waffen
speziali-
siert.

Mitnichten.

Sie hier ist hergekommen, um ihre Waffe reparieren zu lassen.

Wurschtel

Wie wäre es damit oder hiermit?

Oh! Wenn das nicht Gobuemon ist!

Ich bin Vos von der Schutztruppe.

Ich würde mich sehr über Eure Hilfe freuen.

Die Schneide ist ein wenig schartig.

Ich habe so einiges auf Lager, was du dir mal anschauen könntest.

Was führt dich zu mir? Bist du etwa hier, um ein paar Prototypen auszutesten?

Sehr gerne!

Eines Tages werde ich auch meine eigene spezialangefertigte Waffe haben ...

Holla! Das ist ein schönes Messer, nur etwas abgenutzt.

Das dauert nicht lange. Gib mir nur einen Moment.

Und fertig.

Hui! Es glitzert und funkelt ja jetzt richtig!

Das freut mich aber.

Bezahlst du mit Punkten?

Wie liegt es in der Hand?

Öhm ... Diese Punkte bekommt man hier durch seine Arbeit, oder?

Es ist einfach perfekt! Vielen Dank, Kurobe!

Einkauf

Punktekarte

Punkte erhalten!

Arbeit

Die kann man doch gegen alles eintauschen, was man so möchte ...

Jepp. Lord Rimuru hat sich das ausgedacht.

Dieses faszinierende System haben wir in Jurasa- nia nicht.

Was denn für Zusatzeffekte?

... ein paar Zusatzeffekte auf deine Waffe legen.

Ach ja! Bei deinem nächsten Besuch könnte ich dir noch ...

Oder aber er verursacht beim Gegner Verbrennungen oder Erfrierungen.

Das könnte ein Rostschutz sein, aber auch eine Verstärkung der Klinge.

Solchen magischen Effekten sind quasi keine Grenzen gesetzt.

Wobei das ein Verzauberer macht.

Liebend gern!

Boah! Das klingt ja spitze! So etwas hätte ich dann gerne beim nächsten Mal!

D...

Doch nicht etwa **dieser** Lord Millim?

Sagtest du gerade ... ... Lord Millim?

Sie gehört zu den ältesten Dämonenkönigen, die noch vor Lord Callion da waren.

Als Dämonenkönig trägt sie den Beinamen »die Zerstörerin«!

Sie war Feuer und Flamme und hatte einen Heidenspaß!

Der Spaß hörte dann auf, als sie den Amboss.samt Werkstatt zerstört hat ...

Sie wollte selbst mal ein Schwert schmieden, also hab ich sie gelassen.

Jepp, sie war mal hier.

Was hat bitte einer ihrer Anhänger hier verloren?

Ich bin bloß hier, weil Lord Millim dieses Land so liebt.

Sie hat sich außerdem sehr über die Waffe von mir gefreut, die ihre magische Kraft unterdrückt.

Der Hohepriester hat mich hergeschickt, um dieses Land zu erkunden.

Lord Millim hat also auch so eine Seite an sich?

Hach

Da möchte ich natürlich auch die Schmiede inspizieren, die einst Lord Millim besucht hat.

Die ist ja aus ganz ähnlichen Gründen wie ich hier.

Dong

Diese Schmiede konnte Lord Millims großer Macht nicht standhalten ...

... und zudem habt ihr euch noch rausgenommen, ihr eine Waffe zu schenken, die ihre Herrlichkeit unterdrückt!

Ihr seid kaum der Rede wert!

Was war das denn?

»Kaum der Rede wert«? Was für eine rotzfreche Göre!

Da ich nun im Bilde bin, verabschiede ich mich.

Rüberschiel

ち ら

Hmm ...

Sie verhöhnt mit ihrem Gehabe dieses Land.

So wird sie nur mit anderen aneinandergeraten.

Na schön!

Nun beruhig dich doch mal, Gobuemon.

Ich sollte ihr lieber nach ...

Ich gehe dieser Stella mal hinterher!

Wieso überlässt du das nicht einfach ihr?

Wenn du schon mal da bist, kannst du gleich mal meine Prototypen ausprobieren!

Wenn du meinst, Meister Kurobe ...

Vos! Es ist immer dieselbe Leier mit dir!

Dieses Mädchen sieht zwar wie ein Mensch aus, ist aber irre stark!

Zitter
ビリ

Mehr hat die Schutztruppe dieses Landes also nicht zu bieten?

Ha ... Ich zittere wie Espenlaub. Was für eine Kraft ...

Das war natürlich noch längst nicht alles.

Wie spannend! Mein Bestienmenschenblut gerät in Wallung!

Mann ... Die Schutztruppe darf doch nicht selbst einen Streit vom Zaun brechen.

Wieso bin ich ihr nur hinterher?

Urgh

Zurückhaltung ist hier gefragt ...

Tuschel 소근 Tuschel 소근

Sollen wir die Schutztruppe rufen?

Kämpfen die?

Was ist denn da los?

Ah

76

Als Mitglied der Schutztruppe möchte ich dich durch die Stadt führen!

Bomm

Du kannst dir ruhig Verstärkung rufen.

Stella vom Volk der Drachenverehrer!

Ah!
Ich kenne ein Restaurant, wo Lord Millim mal gegessen hat!

Ich kenne mich von Berufs wegen in der Stadt bestens aus.

... wenn du nicht ausschließlich Orte besuchst, an denen Lord Millim schon war.

Du erfährst nur dann mehr über dieses Land ...

So kann ich im Notfall immer sofort eingreifen.

Da geht mir das Herz auf!

Drück

Batsch

Ich möchte unbedingt das kosten, was Lord Millim damals gegessen hat!

Es gibt so vieles, das ich mir anschauen möchte ...

... doch diese Stadt ist im Gegensatz zu unserer Hauptstadt ordentlich und strukturiert. Ich verlaufe mich ständig.

Du wärst mir eine Rettung!

Na schön, dann mal los!

Würdest du mich nun rumführen?

Sicher!

Verlass dich ganz auf mich!

So was sagen nur die Orientierungslosen ...

Mit meinem Orientierungssinn ist alles in Ordnung, klar?

Mümmel

Mümmel

Hä?

Arbeiten in dieser Stadt etwa auch Harpies?

Ich sehe hier zum ersten Mal eine.

Was ist das hier bitte?!

Nemu wird jetzt noch mehr arbeiten, also muss Nemu noch sehr viel mehr essen.

Nemu hat gearbeitet, also muss Nemu essen.

Mampf

Mampf

Danke, du hast Nemu vor dem Hungertod bewahrt.

Das versteht sich als Mitglied der Schutztruppe von selbst.

Ich fall vom Glauben ab!

Ich werde hier die hohe Kunst des Kochens erlernen!

Das Gemüse ist so süß und zart!

All die Zutaten harmonieren und kreieren einen umso intensiveren Geschmack.

Zudem rundet die Schärfe alles ab!

Das hat also Lord Millims Gaumen liebkost.

Dieses Gericht müssen wir Lord Millim auch in der Hauptstadt kredenzen!

Mein Entschluss steht fest!

Vielen Dank für dieses Mahl.

Vielen Dank, dass du mich hierhergebracht hast, Vos!

Bitte führe mich auch weiterhin herum.

Oh!

Sie scheint gar nicht so übel zu sein, sondern stellt bloß Lord Milim immer an erste Stelle.

Stella vom Volk der Drachenverehrer ...

Nun denn!

Ich werde das Gespräch mit dem Koch suchen!

Ich empfehle mich.

Urplötzlich °°°

Die ist ja längst über alle Berge ...

Und was hast du jetzt noch so vor?

Absolut keine Ursache!

85

...

Danke sehr.

Die kommt genau richtig.

Hier kommt die Rechnung.

Was für ein schräges Mädchen.

Äh? Geht das gesamte Essen etwa auf meine Rechnung?!

Kapitel 3 Ende

Dieses Mädchen arbeitet auch in diesem Land? Scheint zumindest so.

Ich werde mich auch ganz doll anstrengen und ganz sicher nicht aufgeben ...

... und wieder von vorne Punkte sammeln.

Vielen Dank!

Urgh ... Jetzt habe ich genau null Punkte übrig.

Lord Callion ...

In dieses Land kam nun auch eine Untergebene von Dämonenkönig Millim.

4

Dürfte ich so frei sein?
Der Weg zur hohen
Kunst des Kochens

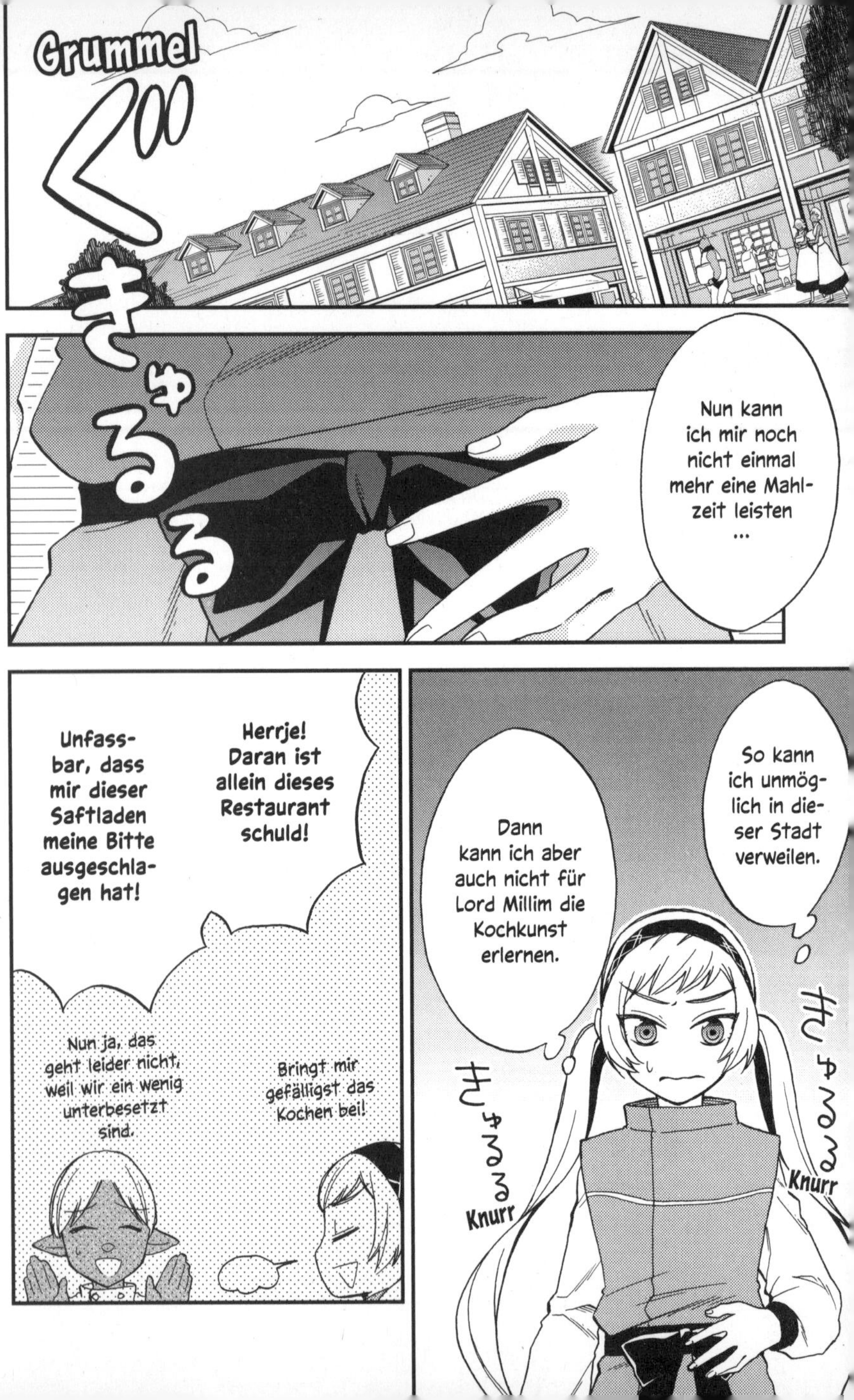

Grummel

きゅるるる

Nun kann ich mir noch nicht einmal mehr eine Mahlzeit leisten ...

Unfassbar, dass mir dieser Saftladen meine Bitte ausgeschlagen hat!

Herrje! Daran ist allein dieses Restaurant schuld!

Nun ja, das geht leider nicht, weil wir ein wenig unterbesetzt sind.

Bringt mir gefälligst das Kochen bei!

So kann ich unmöglich in dieser Stadt verweilen.

Dann kann ich aber auch nicht für Lord Millim die Kochkunst erlernen.

Knurr

Knurr

Tratsch

Plauder

Lord Rimuru ist aus dem Zwergenland zurückgekehrt.

Was für ein Spektakel!

Was hat das alles zu bedeuten?

Plauder

Tratsch

Ich muss schleunigst irgendwo unterkommen.

Offenbar haben die beiden Länder in Dwargon Freundschaft geschlossen.

Rimuru ist der Herrscher dieses Landes und ein Schleim.

Ach!

Unser Dämonenkönig ist ja sogar mit Lord Millim ganz dicke.

So lob ich mir das, Lord Rimuru!

Er soll ebenso imposant wie König Gazelle gewesen sein.

Wusel
ちょろ
Dusel
ちょろ

Den sollte ich mir mal genauer ansehen.

Hnng

Die sind mir im Weg! Ich kann gar nichts sehen!

Sollte ich sie weg-schleudern?

So ein schwacher Schleim und mein Lord Millim?!

»Ganz dicke« mit Lord Mil-lim?!

Na schön!

Ah!

Übers Dach könnte ich näher an ihn rankommen.

92

In dem Restaurant hat es also nicht geklappt?

Puh!

Ganz recht! Die waren dort so frech!

Ah!

Hmm

Ich würd dir ja gerne helfen, aber Kochen ist nicht gerade meine Stärke.

Wärst du bei der Schutztruppe nicht eh besser aufgehoben, Stella?

Gobu-ichi!

たたた
TAPP TAPP TAPP

Ähm ...
Meintest
du nicht
mal, dass
du noch eine
Küchenhilfe
brauchst?

Dieses
Mädchen
hier heißt
Stella und
würde gerne
Kochen
lernen.

Du
wärst
also der
Ausbil-
der?

Braucht
ihr noch
Nach-
schlag?

Na
so was,
Vos. Was
ist denn
los?

Darum
geht's
nicht!

...

Eigent-lich ist sie gar nicht so übel ...

Na los!

Nun bring mir schon Kochen bei!

Bamm

Hach!

Was du nicht sagst?

Tadaaa

Was kann man denn aus diesen Zutaten kochen?

Keinen blassen Schim- mer!

ど!! "

Bomm

ん

Doch ge- kocht fand ich es auch ganz lecker, also möchte ich lernen, wie man das macht.

All diese Zutaten schmecken unverarbeitet doch eh viel besser.

...

Beim Kochen spielt nicht allein der Geschmack eine Rolle, son- dern auch das Aussehen, der Duft und das Mundgefühl.

Obwohl die Schale essbar ist?

Die Schale enthält doch kein Gift.

Nun ja ... Dann schäl doch für den Anfang die Kartoffeln.

Hui! Beim Kochen muss man ja an so einiges denken.

Verstanden!

Na schön.

Deshalb sind manche Gerichte besser mit der Schale.

Andere dafür ohne Schale.

Sparschäler

Selbst ein Anfänger kann damit ohne Probleme alles schälen.

Probier es doch mal mit diesem Werkzeug aus.

Damit hat uns Lord Rimuru gesegnet.

Ha ha

Was ist das denn?! Man schabt einfach nur über die Schale und sie löst sich ab?!

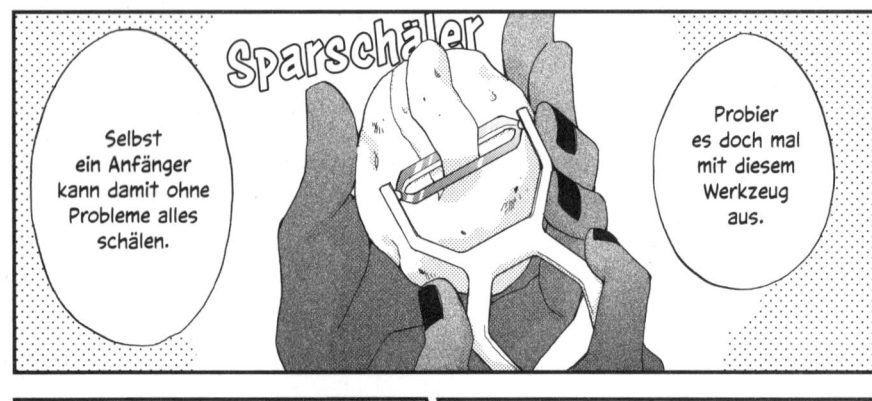

Natürlich, ich komme sofort.

Stella, schäle alle Kartoffeln in dem Korb, bis ich wieder da bin.

Pah! Kinderspiel!

Das wird entschieden, ob ich dich einstelle oder nicht!

Der Herrscher dieses Landes ist nicht zu verachten.

Gobuichi, würdest du mich zum Einkaufen begleiten?

Ah!

Du darfst nichts anderes als die Kartoffeln anrühren.

Verstanden.

Gobuichi!

Sie stärkt die Konzentration und bringt den Geist zur Ruhe.

Diese Aufgabe ist das perfekte Training!

Schäl

Schäl

Ist das so? Gobuichi wird für eine ganze Weile außer Haus sein.

Echt?! Dein Ernst?!

Ach, ich bin ein enger Freund von Gobuichi.

Hin und wieder schneie ich hier zum Essen rein.

Wie?

Ich darf das.

Klack
が ちゃ
Klack
が ちゃ

Hach!

Lässt sich nicht ändern.

Zack

Moment mal! Du darfst das doch nicht einfach so anfassen!

Diese ungeschälte Kartoffel ...

Ganz sicher nicht.

Unfassbar! Das ist also höchste Kochkunst!

Zisch

... schneiden wir in Spalten ...

... und frittieren sie in heißem Öl.

Auf die Kartoffelspalten gibt man dann noch etwas Salz.

Mein spezieller Hamburger aus Rehrind mit Kartoffelspalten!

Et voilà!

Beeindruckend! Famos! Deine geschickten Handgriffe haben mich förmlich in Ekstase versetzt!

Ha ha ... Jetzt übertreibst du aber.

Wie von Meisterhand!

Das klingt irgendwie falsch ...

Eigentlich war das ja der Große Weise ...

Was soll ich sagen? Für mich war das eher ein Klacks ...

Du bist einfach umwerfend!

Nicht wahr?!

ぽかん..
Sprachlos

Sie möchte für Millim Kochen lernen.

Sag mal, Gobuichi ...

Könntest du bitte dieses Mädchen unter deine Fittiche nehmen?

Oh!

Hach, wenn das Euer Wunsch ist, Lord Rimuru.

Jepp.

Tatsächlich?! Ich werde also wirklich die Kochkunst erlernen?!

Viel Erfolg dabei!

Ich werde mich nach Kräften bemühen!

Vielen Dank!

Ich werde ganz gewiss lernen, wie man Köstlichkeiten zaubert, und Euch diese servieren!

Bitte geduldet Euch noch ein wenig!

Ich verstehe nun, weshalb Ihr so eng mit Rimuru ... äh, Lord Rimuru befreundet seid.

Lord Millim ...

Ja, oder?

Die ist ja ganz schön lebhaft.

Mümmel

Mampf

Kapitel 4 Ende

Meine Wiedergeburt als
SCHLEIM
in einer anderen Welt
Das Leben im Land
der Dämonen

5

Hände hoch,
du verwegener
Einbrecher!

Morgen.

Uwah!

Auch heute haben wir so einen schönen Morgen!

Guten Morgen!

Tschirp

Tschirp

In diesem Land leben so viele verschiedene Arten und doch gibt es nie Streit zwischen ihnen.

In Jurasania würden sie sich schon am frühen Morgen fetzen.

So ein Streit wäre dann wohl ein Kräftemessen.

Meldung eines Anwohners!

Nemu hat hier in diese Tücher eingewickelt geschlafen.

Der Stoff ist so glänzend und glatt, dass er sich ganz fantastisch auf der Haut anfühlt.

Nemu träumt davon, sich das perfekte Schlafnest zu bauen.

Dafür schläft Nemu an ganz vielen Orten und in ganz vielen Dingen.

So etwas hat Nemu noch nie zuvor in den Händen gehalten.

Zieh

Ich freue mich, dass dir unsere Produkte so gut gefallen.

Ich ging davon aus, dass die Harpy auf Befehl des Dämonenkönigs Frey hier sei, doch da habe ich mich wohl geirrt?

Joa ...

Die hat doch 'nen Vogel.

Das kommt gar nicht in die Tüte.

Dann kann Nemu das ja behalten!

Du musst dafür schon bezahlen.

Wah! Ganz sicher nicht!

Vos kann das bezahlen.

Urgs! Oh nein!

Nemu will nicht arbeiten.

So geht das nicht.

Solltest du das nicht bezahlen können, musst du es eben ab- arbeiten.

... wirst du deine Schuld begleichen.

Grins

Mit ehrlicher Arbeit ...

Grins

Nicht umsonst ist sie eine von Lord Rimurus engsten Vertrauten.

Sie ist auf ihre Art Furcht einflößend.

Vos!

I...

Ist ja gut.

Oh!

Ich kann nicht die ganze Zeit bei ihr bleiben.

Dürfte ich dich bitten, ein Auge auf sie zu haben?

Jawohl, Gobuemon.

Dann mal ran an den Speck!

I... Ich habe verstanden.

Nemu mag nicht arbeiten.

Boah!

...

Für Nemu ist alles außer Schlafen Schwerstarbeit.

Uwaaaah!

Oh Mann! Stell dich mal nicht so an, Nemu!

Ich dreh hier doch nicht Däumchen, nur weil ich bloß auf dich aufpassen soll.

Warum fegst du eigentlich, Vos?

Du als Aufpasser.

Erst neulich meintest du noch, du hättest so viel gearbeitet.

Das versteht sich doch von selbst.

Urgh ... Jetzt ist aber mal gut.

Hast du 'ne Meise, hier freiwillig arbeiten zu wollen?

Buaaah
うえぇ

Ich möchte mich doch nur in was flauschig Weiches einkuscheln.

Die Neugier hat gesiegt.

L...

Lass das gefälligst! Das kitzelt!

Uwah?!

Ku-schel-weich.

Unfair! Nemu braucht mehr Flausch!

Ich nehme die fertige Baumwolle mit.

Sie ist schon fertig!

Da war sie aber richtig fix!

Ver-standen! Das erle-digt Nemu im Flug!

Flapp

Als Nächstes sollst du et-was für mich abliefern.

Die macht mir noch 'nen Abflug. Was mach ich denn jetzt?

Mit ihrem Flugtempo kann ich nicht mithalten.

So was würde Nemu doch niemals tun.

Du willst doch nicht 'ne Biege machen ...?!

Nemu ist wieder da, Vos' Schwänzelein!

A... Aber erst nach der Arbeit.

Das rote Garn muss hierhin.

Öhm ...

Nemu benutzt oft einen Bogen.

Du bist echt geschickt.

urgh! Das liegt so weit oben!

Das fühlt sich gut an.

Klack Klack Zusch

Erst nachdem wir den Müll entsorgt haben!

Darf Nemu endlich schmusen?

Der Stoff ist schön, Nemu möchte ihn anfassen.

Wuah! Wie bezaubernd!

Hibbel

Puuuuh

Nemu fühlt sich wahnsinnig geknechtet.

Das sagt man doch nicht laut!

Ach, Nemu und Vos!

Wie ist es euch ergangen?

Nicht doch! Das war kaum der Rede wert.

Nun denn ...

Ha ha! Vielen Dank für deine Mühen.

Dir habe ich auch zu danken, Vos.

+ll" Grapsch

Plopp +l"ロ"l!

Nemu hat schon mal versucht, auf wilden Schleimen zu schlafen, aber sie sind zerflossen.

Doch ein Schleim mit eigenem Willen würde niemals zerfließen!

Der ist kein Kopfkissen!

Och ...

Schmink dir das ab! Kommt nicht in die Tüte! Das ist so was von verboten!

Was hattest du da gerade bitte vor?!

Für das perfekte Schlafnest benötigt Nemu auch noch einen Schleim.

Wozu denn das bitte?!

Uwah!

Das hat sie dir erlaubt?!

Auf Lord Freys Schoß durfte Nemu schon mal schlafen.

Der war richtig weich.

Deshalb wird Nemu auch hier arbeiten!

Na sicher! Die Chancen stehen schließlich niemals bei null!

Dann wird sich schon eine Chance für Nemu ergeben, um auf Lord Rimuru schlafen zu dürfen!

Was?!

Nemu darf ihre Aufklärungsmission für Lord Frey nicht vergessen.

Ach ...

Die kennt auch echt keine Furcht.

Lord Frey?! Dann ist Nemu aus demselben Grund wie ich hier.

Mich wundert es nicht, dass dieses Land so viel Aufmerksamkeit erregt.

Lord Callion ...

Ich bin nun auch noch einer Untergebenen von Lord Frey begegnet.

Womöglich sind hier noch Untergebene von weiteren Dämonenkönigen.

Ich werde mich anstrengen, um von ihnen nicht abgehängt zu werden!

Wie schön! Ich habe zu danken.

Nemu wird mit Freuden hier arbeiten!

Ein Neuzugang? Alles Gute!

Sehr wahrscheinlich sogar ...

Durchaus möglich ...

Und? Das Mädchen wird doch wohl nicht sein Aufgabe vergessen haben?

Derweil ...

Nation der himmlischen Flügel, Fulbrosia

Kapitel 5 Ende

Meine Wiedergeburt als
SCHLEIM
in einer anderen Welt
Das Leben im Land
der Dämonen

Jetzt gönne ich mir erst mal einen Besuch im Badehaus.

Haaach! Auch heute bin ich wieder beim Training und der Patrouille ordentlich ins Schwitzen gekommen.

Willst du etwa auch ins Badehaus, Stella?

Stella!

Na, sicher! Lord Millim soll dort ebenfalls gebadet haben!

Ach, Vos.

Äh ...

Ich weiß ja nicht so recht.

In der Hauptstadt bin ich stets ins kühle Nass gehüpft, daher freue ich mich schon darauf.

Selbstverständlich! Dort badet man doch in heißem Wasser, oder?

Stattest du dem Badehaus etwa zum ersten Mal einen Besuch ab?

Sehr gerne!

Stella, lass uns gemeinsam baden!

6

Es ist angerichtet! Dieser erste Kochversuch lässt die Herzen höherschlagen

Kaklong

Das alles ge-hört zum Bad?!

Einfach erstaunlich, was sie hier errichtet haben!

Ich war beim ersten Mal auch ganz baff.

Na schön! Lass uns sofort rein-hüpfen!

Nicht so schnell.

Grapsch

Das Wasser sollen sie aus einer natürlichen Quelle be-ziehen.

So wohlig warm!

So ein heißes Bad ist Balsam für die Seele.

ZUPP

Nemu würde hier bestimmt gerne mal ein Nickerchen machen.

Das kann ich so unter-schrei-ben.

Wie schön es wäre, so nach dem Training in der Heimat zu baden.

Buäh

Schlaff

Der ist jetzt gar nicht mehr flauschig, sondern flatschig.

Uwah, Nemu!

Du bist also auch ins Badehaus gekommen, Nemu.

Sicher. Nemu wurde von Fräulein Shuna und allen aus der Weberei hierher eingeladen.

Nemu hat einen Namen: Nemu.

Du da!

Ah!

Sitzt da neben Fräulein Shuna nicht Fräulein Shion, die sich einst mit Fräulein Sphere duelliert hat?

Dir bin ich natürlich auch sehr dankbar, Vos ...

... dass du mich Gobuichi vorgestellt hast.

Hä? Es freut Nemu sehr, dich kennenzulernen.

Ich bin dir zu Dank verpflichtet, Nemu! Dank dir konnte ich etwas über die Kochkunst lernen!

Patsch

Lord Rimuru kann übrigens richtig gut kochen! Wie ein echter Meister!

Das freut mich für dich!

Dank seiner Fürsprache darf ich nun eine Kochlehre machen.

Ich bin auch Lord Rimuru begegnet.

Lord Rimuru hat selbst gekocht?!

Oooh ...

Ich durfte von seinem Essen kosten und es war vorzüglich!

142

Spritz

Da werde ich glatt grün vor Neid!

Meine Güte, Shion! Misch dich nicht einfach in Gespräche anderer Leute ein!

Ich bin Lord Rimurus Köchin und durfte noch nichts von ihm probieren!

Kaklong

Fräulein Shuna! Dieses Gör hat Lord Rimurus Hausmannskost gegessen!

Nicht wahr?!

Das ist gewiss beneidenswert ...

Urgh!

Lord Rimuru ist allerdings gerade mit den Vorbereitungen für seine Reise nach Inglasia ausgelastet.

Du darfst ihn nicht dabei stören.

Grummel

Ich möchte ebenfalls Lord Rimurus selbst gemachtes Essen probieren!

Dann kann Stella das doch einfach kochen.

Huch?!

Was für ein Geistesblitz!

Ach?

Außerdem wollen doch Fräulein Shuna und Fräulein Shion etwas von Lord Rimuru essen.

Wäre da Gobuichi als richtiger Koch nicht die bessere Adresse?

Ach, das von neulich also ...

Bitte sei doch so gut.

Bitte koch uns das Gericht, was dieses Mädchen von Lord Rimuru serviert bekommen hat!

Zack

Na sicher.

Du wirst das einfach kochen.

Kann ich dir zur Hand gehen, Gobuichi?

Tapp

Tapp

Hä?!

Doch mittlerweile ...

Tock

Die schmecken auch so!

Ha!

Am Anfang ...

... hat sie die Augen noch entfernt, indem sie die gesamte Kartoffel mit dem Finger durchbohrt hat ...

... und sich geweigert, die Zutaten zu kochen, weil man sie ja auch roh essen könne.

Tock

... vollführt sie die Kushiga-tagiri-Schneide-technik meisterhaft.

Tock

Tock

Sie kann sich gut bei der Arbeit konzentrieren.

Brutzel

Brutzel

Ihre jüngsten Fortschritte sind beeindruckend.

Na ja, ihre Ungeduld wird sie aber wohl nie ganz ablegen.

Ey!

Ist es schon fertig?

Spritz

Die Kartoffel-spalten sind fertig!

Zum Schluss noch et-was Salz darüber-streuen ...

Riesel

Nemu will die schnabu-lieren!

Die schauen köstlich aus!

Schön gebräunt!

Das sind also besagte Kartoffel-spalten?

Dieses Gericht hat also Lord Rimuru zubereitet ...

Guten Appetit!

Lecker!
So schlicht
und doch so
tiefgründig im
Geschmack!

Rundum
wie Lord
Rimuru!

Gerade
weil es so
simpel ist, sind
die Variationen
grenzenlos. So
etwas kann nur
Lord Rimuru
erdenken!

Das
schmeckt
ganz anders
als Chips, ob-
wohl beides ja
aus Kartof-
feln ist.

Auch knusprig,
aber nicht so
trocken.

Schmac-
kofatz
...

S...
Selbst-
verständ-
lich!

Die
sind dir gut
gelungen,
Stella.

Tat-säch-lich?!

Da kann ich Euch nur zustimmen, Fräulein Shuna. Lord Millim dürfte das ebenfalls erfreuen.

Deine Kartoffelspalten sind köstlich.

Bitte entschuldige, dass wir dich dazu genötigt haben.

Mädchen! Nein, ich meine Stella!

Dank dir konnte ich etwas von Lord Rimuru kosten!

Lord Millim ...

Ich muss ebenfalls an mir arbeiten, damit mich Stella nicht abhängt.

Deshalb ...

Pa!!

... ein besonderes Festmahl zubereiten!

Bamm

... werde ich, Rimurus Köchin, dir im Gegenzug ...

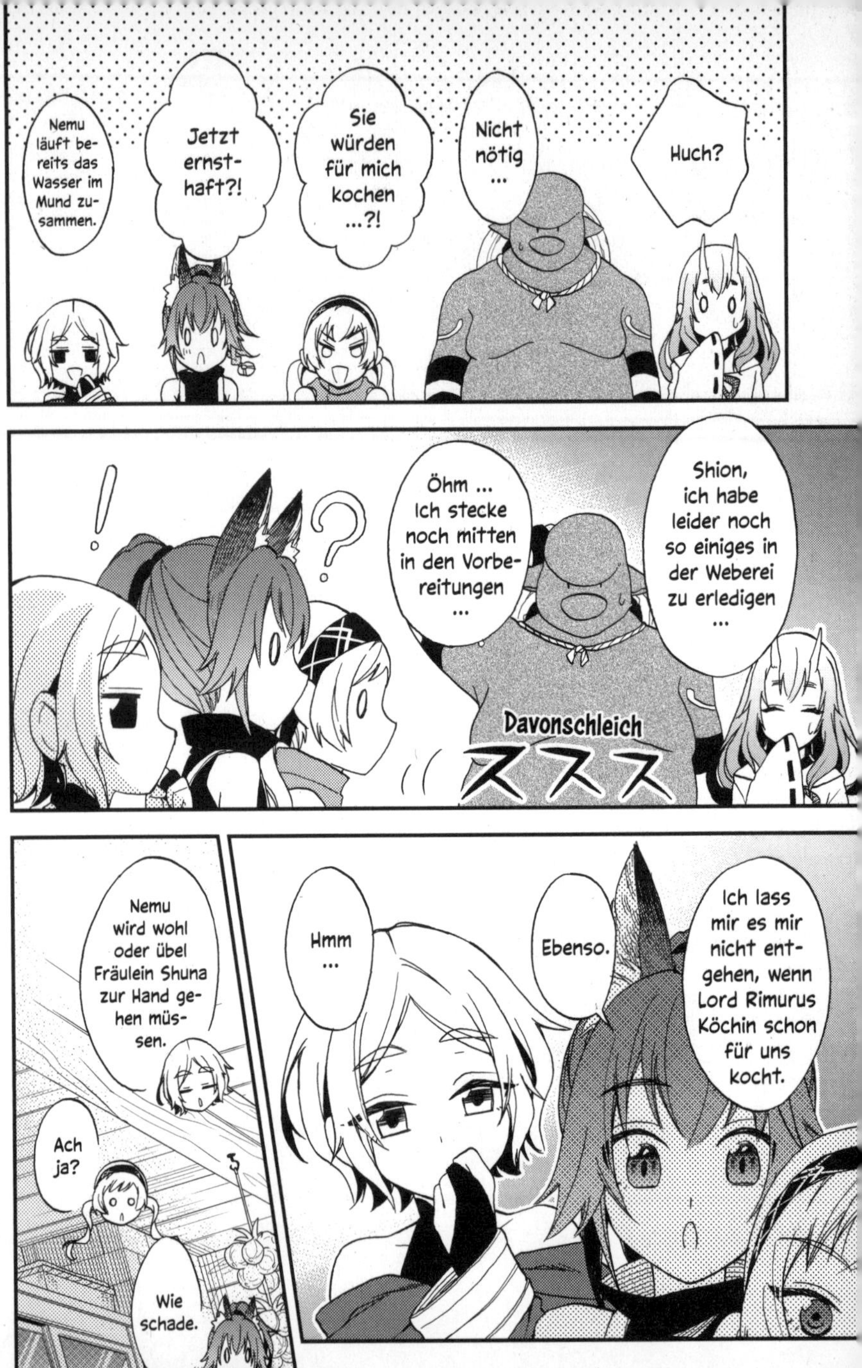

Nemu läuft bereits das Wasser im Mund zusammen.

Jetzt ernsthaft?!

Sie würden für mich kochen ...?!

Nicht nötig ...

Huch?

Öhm ... Ich stecke noch mitten in den Vorbereitungen ...

Shion, ich habe leider noch so einiges in der Weberei zu erledigen ...

Davonschleich

ススス

Nemu wird wohl oder übel Fräulein Shuna zur Hand gehen müssen.

Hmm ...

Ebenso.

Ich lass mir es mir nicht entgehen, wenn Lord Rimurus Köchin schon für uns kocht.

Ach ja?

Wie schade.

Es ist vollbracht! Langt ordentlich zu!

Kapitel 6 Ende [in Band 2 geht es weiter]

Keine falsche Bescheidenheit bitte!

Möglicherweise werde ich noch vor Erfüllung meiner Mission mein Leben lassen ...

Bitte verzeiht mir, Lord Callion!

Mein Bestienmenscheninstinkt läutet sämtliche Alarmglocken ...

Gobbel

Ist das überhaupt essbar?

Autor der Vorlage: Fuse

Ich bin's, Fuse, der Originalautor von *Meine Wiedergeburt als Schleim in einer anderen Welt*. Solche Grußworte liegen mir eigentlich ja so gar nicht. Doch ich möchte eure Bekanntschaft machen und deshalb stelle ich mich zuerst einmal vor. Dazu möchte ich gleich auf das Konzept dieses Werkes zu sprechen kommen.

Meine Wiedergeburt als Schleim in einer anderen Welt: Das Leben im Land der Dämonen ist als Nebenhandlung zur Hauptgeschichte zu verstehen. Man kann sich das wie einen Blick hinter die Kulissen meiner Geschichte vorstellen – allerdings nicht aus Rimurus Sicht, sondern aus der Sicht der von Frau Tono erdachten Charaktere. Eine große Rolle spielen dabei selbstverständlich die Hauptcharaktere – allen voran Vos. Charaktere sind stets ein Spiegel des Herzens des Autors. Umso mehr freue ich mich als Originalautor bereits darauf, wie sich Frau Tonos Vos im Angesicht der Heldentaten von Rimuru und den anderen verhalten wird. Die Leser der Hauptgeschichte wissen ja bereits, zu welchen Ereignissen es bereits kam. Doch Vos und die anderen müssen all dies erst noch erleben! Bitte schaut ganz genau hin, wie sie darauf reagieren!

Manga: Tae Tono

Herr Fuse trat mit dem Namensvorschlag »Trinity« für diesen Titel an mich heran und er passte wie die Faust aufs Auge für meine drei Charaktere, die aus Ländern anderer Dämonenkönige nach Tempest gekommen sind. Bitte unterstützt auch weiterhin die neuen Bewohner des Landes der Dämonen: Vos, Stella und Nemu.

Mein herzlicher Dank geht raus an Fuse, den Originalautor, Mitz Vah, den Character Designer der Light Novel, Taiki Kawakami, den Zeichner des Hauptmangas, Sho Okagiri von *Der Schleim-Reiseführer in das Land der Dämonen*, Shiba von *Die Schleim-Tagebücher*, Shizuku Akechi von *Tensei shite mo shachiku datta ken*, Riku Akatsuki von *Tenchura!*, die gesamte Redaktion und all jene, die dieses Werk in die Hand genommen und gelesen haben!

Character Design & Illustration der Light Novel: **Mitz Vah**

Manga-Hauptreihe: **Taiki Kawakami**

Erster ☆

1 Band!

Herzlichen Glückwunsch, Frau Tono!!
Ich freue mich schon sehr darauf, noch mehr
Abenteuer dieser drei Frohnaturen zu sehen!

Der Schleim-Reiseführer in das Land der Dämonen: **Sho Okagiri**

Ver-
öffent-
lichung

Das Leben im Land der Dämonen

des ersten Bandes

Herzlichen Glückwunsch, Frau Tono!

Ich kann es kaum erwarten,
mehr von diesen drei jungen (?)
Damen aus den verschiedenen
Ländern zu sehen. Außerdem ...
tut es mir sehr leid, dass ich
sie ohne Erlaubnis in meinen
Schleim-Tagebüchern habe
auftreten lassen!

SHIBA

Die Schleim-Tagebücher: **Shiba**

Tensei shite mo shachiku datta ken: **Shizuku Akechi**

Tenchura!: **Chya chya**

altraverse

Deutsche Ausgabe / German Edition
Altraverse GmbH – Hamburg 2024
Aus dem Japanischen von Jacqueline Philippi

 **KODANSHA**

Redaktion: Jörg Bauer
Herstellung: Vivien Bergau
Lettering: Vibrant Publishing Studio

Druck: Nørhaven A/S, Viborg
Printed in Denmark

MIX
Papier aus verantwor-
tungsvollen Quellen
FSC® C104608

ISBN 978-3-7539-2310-9
1. Auflage 2024

www.altraverse.de